El orinal de la Princesa

Escrito por
Samantha Berger

Ilustrado por
Amy Cartwright

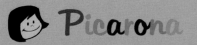 Picarona

Para Sophia Samantha Suárez, una verdadera princesa, con orinal y sin él.
— SB

Para Olivia y Josie
— AC

Título original: *Princess Potty*
Texto: *Samantha Berger*
Ilustraciones: *Amy Cartwright*
Traducción: *Joana Delgado*
© 2010, Scholastic Inc.
Publicado por acuerdo con Scholastic Inc. 557 Broadway, NY, 10012, USA,
a través de Ute Körner Lit. Ag., España, www.uklitag.com
© 2015, Ediciones Obelisco, S.L.
www.picarona.net
www.edicionesobelisco.com
ISBN: 978-84-16117-22-2
Depósito legal: B-21.894-2014
Printed in China

¡Psst! ¿Quieres que te cuente un secreto?

¡Las princesas también usan orinal!

¡De verdad, te lo prometo!
Son como tú y como yo...
Sólo un poquitín diferentes.

Todas las princesas empiezan como bebés regios, con pañales regios.

Pero cuando se hacen un poco mayores, empiezan a usar solitas el orinal.

SÓLO PRINCESAS

La princesa dice: «¡Ey, ey, que tengo pipí!».

O bien: «¡Oh, Oh, que tengo popó!».

Y, en su poni real, se va a su cuarto de baño real,
donde le espera su trono real.

SÓLO PRINCESAS

La princesa se levanta su preciosísimo vestido, se baja sus principescas braguitas, y se sienta en su trono real, que es como un váter pero que...

... deslumbra y brilla, y tiene diamantes en forma de corazón, y estrellas;
y además huele a pétalos de rosa... de momento.

Entonces, la princesa se sienta pacientemente y espera.
Y mientras, canta una bonita canción.

«Cantaré unos versitos, mientras espero un poquito.
Do, re, mi, fa; aquí espero hasta acabar».

Cuando llega el momento, la princesa hace
el más bello pipí y el más bello popó del mundo entero.

Unos pajarillos azules le llevan un suave papel de váter
de color rosa para que se limpie.

Luego, le da al botón de la cisterna y dice «¡Adiós!».

Los amables animalitos del bosque le ayudan a lavarse
las manos con agua caliente y jabón de fresa.
Ella solita se seca delicadamente con su suave toalla de color rosa.

Y por haberlo hecho tan bien,
la princesa recibe una pegatina de princesa muy especial...

... para colocarla en su diadema de princesa.

La princesa está muy orgullosa de haber aprendido a usar el orinal.
El rey y la reina están también muy orgullosos de ella.

Todos los súbditos se alegraron…

Incluso el Príncipe Encantador la aclamó.
¡Él también estaba aprendiendo a usar el orinal!

Ahora la princesa y el orinal vivirán juntos y felices.

Pero, ¡shhh! ¡Es un secreto! ¡Y yo no te he dicho nada!